Gallimard Jeunesse - Giboulées sous la direction de Colline Faure-Poirée et Hélène Quinquin
 • ISBN : 978-2-07-064872-6 • Dépôt légal : septembre 2013 • Numéro d'édition : 244357
Loi n° 49956 du 16 juillet 1949 sur les publications destinées à la jeunesse • Photogravure de IGS-CP • Imprimé en France par Pollina - L65200

La Reine MaîtresseMaîtresse

Alex Sanders

Gallimard Jeunesse - Giboulées

Ding-ding! Ding-ding!
C'est la cloche du Château-École
qui sonne! Allons, les enfants,
fini la récré! En rang, deux par deux!
C'est l'heure d'écouter la belle histoire
de la Reine MaîtresseMaîtresse.
Une reine jolie comme un cœur,
intelligente et douce et dont l'immense
gentillesse n'avait d'égale que celle
de Son Altesse la Reine MamanMaman.
Bien souvent d'ailleurs, ses petits
écoliers en levant le doigt l'appelait
maman à la place de maîtresse.

Son Altesse avait une grande plume qu'elle trempait dans de l'encre rouge pour corriger les fautes de ses élèves. Les gentilles assistantes de Sa Majesté lui apportaient chaque jour des piles de cahiers, sur lesquels bien trop souvent elle devait écrire des « Zéro », des « Médiocre » et des « Beaucoup trop de fautes ! »… La Reine MaîtresseMaîtresse avait en effet depuis des années à sa charge une tâche très particulière, qui était d'enseigner dans la Grande Classe Royale.

ABCDEFGHIJKLMNOPQRSTUVWXYZ.
12345678910

Une classe de cancres!
Des monarques à qui un bonnet d'âne eût été plus seyant qu'une couronne! Ah non, ce n'étaient pas tous des génies! Ils étaient tous d'éternels redoublants, sauf le Roi PapyPapy évidemment, qui venait plutôt pour se rafraîchir la mémoire. Sa Très Dingotte Majesté le Roi ZinZin avait élu domicile au fond de la classe, et personne ne s'asseyait à côté de lui car il mangeait les cahiers!

M N O P Q R S T U V W X Y Z A B C D E F G H

À la récré, la Reine MaîtresseMaîtresse ne pouvait laisser ses royaux écoliers une seule minute sans surveillance. Aussitôt c'était la pagaille! Le Roi BoumBoum et le Roi FootFoot chaque fois se disputaient pour savoir qui aurait le ballon. Le Roi PipiCaca, lui, en profitait pour faire son popo derrière un arbre de la cour: il trouvait cela plus rigolo.

– Ho, ho! se poilait le Roi HiHiHaHa. Et ses hurlements de rire se mêlaient aux cris que poussait la Reine BoBo, lorsque la mauvaise Reine Chipie Chipie lui faisait des misères.

Misère! Chaque fois, cela finissait à l'infirmerie. La Reine BlaBla répétait tout à la maîtresse:

– Maîtresse! Le Roi ZinZin m'a pincé les fesses!

Et les vilains camarades, tous en même temps, venaient se plaindre à elle:

– Le Roi FootFoot m'a donné un coup de pied! dénonçait la Reine Chipie Chipie.

– Faux! Carton rouge, madame l'arbitre! Heu... Reine MaîtresseMaîtresse! contestait le roi du ballon.

Il fallait bien être la reine des maîtresses pour parvenir à tous les réconcilier!

Elle avait beaucoup d'autorité,
mais un jour à la cantine alors qu'elle
avait le dos tourné… le repas du midi
se transforma en désastre. Une lutte
impitoyable opposa Ses Majestés
BoumBoum et FootFoot qui s'étaient
méchamment disputées à la récré
à propos d'un tir de penalty.
Ils se bombardèrent de petits pois,
de yogourt et de pain trempé
dans l'eau pour tenter de régler ce
problème et ils firent du réfectoire
un véritable champ de bataille.

FFC

– Allons ! Mes Altesses !
Tenez un peu votre rang ! gronda la maîtresse. Comment voulez-vous obtenir enfin un jour votre *Diplôme d'Écolier Royal* si vous vous comportez de la sorte ! Vous êtes ici pour apprendre de belles choses, et vous vous conduisez comme des bébés. Zéro pointé ! J'ai d'ailleurs décidé que je ne vous emmènerai pas en classe de mer. Voilà, point final ! Et qui a encore écrit « caca-prout » sur le tableau ?

1+1=3

C’est alors que, de façon très inhabituelle, on entendit une mouche voler dans la classe… Sa Majesté savait faire régner le silence!
Et, comme par enchantement, la Reine BoBo réussit ce jour-là tous ses calculs sans se tromper! Miracle!
Son Altesse la Reine BisouBisou demanda discrètement à chacun de dessiner des petits cœurs pour la maîtresse, pour lui faire une surprise.

FFC
11

Quelle surprise ! Ce soir-là, la Reine MaîtresseMaîtresse eut l'étonnement et la joie de noter une nette amélioration du niveau général de ses élèves. Ses gentilles assistantes étaient émerveillées. Aucun zéro ! De son encre rouge, sur les cahiers d'écoliers, elle ne distribua que des « Très bien ! », des « Bravo ! », des « Quels progrès ! » et des…

... « Félicitations ! ».
– Je vous annonce que chacun d'entre vous a obtenu son... *Diplôme d'Écolier Royal!* déclara fièrement Sa Majesté le dernier jour de l'année.
Ce fut un drôle d'événement!
Le Roi BoumBoum avait été dix fois redoublant, et le Roi FootFoot, onze!
Quelle belle satisfaction pour la reine de voir ses efforts couronnés d'un aussi splendide succès et quelle émotion aussi car, après les vacances, la reine et ses élèves ne se verraient plus tous les jours. Mais avant cela...

FFL
11

... départ en vacances! À bord du Carossautocar du Château-École, on chanta gaiement des chansons, le cœur tout léger! Avec le Roi QuoiQuoi, on joua au jeu des questions. Le Roi HiHiHaHa raconta des blagues désopilantes pendant tout le trajet! Et, lorsqu'à l'horizon, on aperçut enfin la mer, la Reine BoBo et le Roi ZinZin se mirent à pleurer... de joie! Et il fut fait promesse à la Reine MaîtresseMaîtresse que, durant ce séjour à la plage, il n'y aurait ni dispute, ni querelle, ni bagarre, ni la moindre chamaillerie.

Et tout se passa à merveille!
Les vacances de la reine furent parfois un peu agitées, mais dans l'ensemble elle en conserva d'excellents souvenirs.
À la rentrée suivante, la Reine MaîtresseMaîtresse s'occupa d'une nouvelle classe: plutôt spéciale, elle aussi, car tous les enfants étaient ceux du Roi PaPa! Ces petits écoliers-là furent bien sages et bien mignons du premier au dernier jour de l'année.
Et, lorsqu'ils écoutaient la douce voix de la reine des maîtresses, on pouvait voir dans leurs yeux briller des petits cœurs!